O **COLAPSO** DA NOVA ORDEM

B. Kucinski

O COLAPSO DA NOVA ORDEM

Conforme relatado nas *Crônicas do Fim do Mundo*

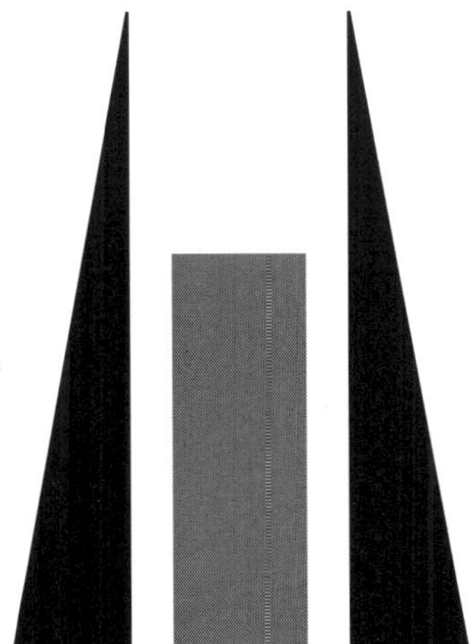

alameda

Grafia atualizada segundo o Acordo Ortográfico da Língua Portuguesa de 1990, que entrou em vigor no Brasil em 2009.

Edição: Haroldo Ceravolo Sereza e Joana Monteleone
Projeto gráfico, diagramação e capa: Maria Beatriz de Paula Machado
Assistente acadêmica: Tamara Santos
Revisão: Alexandra Colontini
Desenho da capa: Enio Squeff

CIP-BRASIL. CATALOGAÇÃO NA PUBLICAÇÃO
SINDICATO NACIONAL DOS EDITORES DE LIVROS, RJ

K97c

Kucinski, Bernardo
O colapso da nova ordem / Bernardo Kucinski - 1. ed. - São Paulo : Alameda, 2022.
108 p. ; 21 cm.

ISBN 978-65-5966-102-2
Conforme relatado nas Crônicas do fim do mundo.

1. Ficção brasileira. I. Título.

22-77042 CDD: 869.3
CDU: 82-3(81)

ALAMEDA CASA EDITORIAL
Rua 13 de Maio, 353 – Bela Vista
CEP 01327-000 – São Paulo, SP
Tel. (11) 3012-2403
www.alamedaeditorial.com.br

Folhetim, iniciado em agosto e terminado em dezembro
de 2021, ano II da Pandemia.

E vai acontecer que, se houver dez pessoas numa casa, todas morrerão. E, quando alguém chegar para tirar da casa o corpo do seu parente e queimá-lo, perguntará a quem ainda estiver vivo lá dentro: "Tem mais gente lá aí?" O outro responderá: "Não tem não."

Amós, 6-9-10

O autoritarismo moderno permite a eliminação física não só dos adversários políticos, também de categorias inteiras de cidadãos, que, por qualquer razão, não podem ser integrados no sistema político.

Giorgio Agamben

As Crônicas do Fim do Mundo

Registros de uma Grande Peste foram encontrados por acaso no ano oitenta da nossa era num gigantesco arquivo localizado nas nuvens mais remotas da internet intitulado *Crônicas do Fim do Mundo*. A Grande Peste, assim relatam as *Crônicas*, varreu o planeta Terra na segunda década do século XXI do Holoceno com a fúria de um tufão, arruinando famílias, dizimando povos inteiros e desorganizando os mais desenvoltos sistemas econômicos. Matou oitocentos milhões de humanos, quinze vezes o número de mortes da Gripe Espanhola ocorrida no século anterior da mesma era.

A Grande Peste não surgiu por acaso ou acidente da natureza, revelam as *Crônicas do Fim do Mundo*. Foi concebida secretamente por um consórcio de empresas autodenominado *Climate Action* com o objetivo de reduzir a população do planeta à metade. Para tanto, criaram em laboratório um vírus mortífero e de alta transmissibilidade, talhado para se espalhar e infectar os humanos com rapidez. Além de resistente aos fármacos então conhecidos, o vírus se transmutava em cepas cada vez mais letais à medida que se replicava.

O *Climate Action* concluíra que o efeito estufa provocaria um cataclismo climático de tal magnitude que extinguiria a espécie humana. Dada a premência do tempo, a única solução estava em cortar o excesso populacional, causador do efeito estufa. O consórcio se referia ao projeto como *The Great Reset*, A Grande Reconfiguração. Impôs sobre ele segredo absoluto, revelado somente agora pela descoberta das *Crônicas do Fim do Mundo*.

Cães, morcegos e certos mamíferos de pequeno foram os principais disseminadores da peste. O vírus provocava coágulos de sangue nos músculos, no cérebro e, principalmente, nos pulmões, impedindo a respiração. Matava em três dias por sufocação, em meio a horrendos sofrimentos, ou parada cardíaca.

Nenhum velho escapava da morte pelo vírus. Jovens e adultos de meia idade que milagrosamente sobreviviam ficavam com sequelas graves, entre as quais perda do olfato e do paladar, dificuldade de se locomover e estados mentais alterados, com diminuição do nível de consciência e surtos periódicos de delírio e alucinação.

Ao final dez anos da Grande Peste, registram as *Crônicas do Fim do Mundo*, a humanidade estava de fato reconfigurada. Não, porém, da forma pretendida pelo consórcio *Climate Action*. Como sempre na história, o inesperado aconteceu. As emissões de carbono não foram zeradas e nem o advento do Antropoceno evitado ou sequer retardado. As temperaturas atingiram quatro graus acima das médias dos primórdios da revolução industrial ocorrida no século dezoito do Holoceno. E ainda corremos o risco de extinção.

Por fatores jamais esclarecidos pela biologia, dizem as *Crônicas*, o vírus da Grande Peste matou mais caucasianos do que etnias mongólicas, aborígenes ou mestiças e pouco afetou os humanos da raça negra e crianças de qualquer raça ou etnia. Em consequência, caiu à metade a população branca dos Estados Unidos, da Europa, da Austrália e Nova Zelândia, pondo fim ao domínio anglo-saxão sobre os negócios do planeta, que vinha desde as Grandes Navegações dos séculos quinze e dezesseis do Holoceno.

Nos Estados Unidos da América do Norte, os negros tornaram-se a etnia dominante e passaram a controlar as duas câmaras do Congresso e três em cada quatro governos estaduais. Tão logo no poder, convocaram um plebiscito que substituiu o sistema presidencialista por uma democracia direta denominada *Black Power* (Poder Negro) e promulgaram a Lei da Reparação do Holocausto Negro (*Slavery Reparations Bill*). Em seguida, abriam as portas à imigração de todos os negros e mestiços das Américas descendentes dos escravos.

A Lei do Holocausto Negro definiu o Estado como o responsável pelas atrocidades da escravatura e do tráfico negreiro e criou um Fundo de Justiça Reparadora

(*Slavery Reparations Fund*) dotado de 1 trilhão de dólares provenientes da venda das quarenta e cinco bases americanas no exterior e do patrimônio dos mortos pela Grande Peste que não deixaram herdeiros.

O *Slavery Reparations Fund* construiu moradias, escolas e hospitais para as comunidades negras e promoveu educação universitária completa de seus jovens. Também financiou a Fundação Malcom X de Pesquisa, Documentação e Memória do Holocausto Negro à semelhança do Museu do Holocausto de Jerusalém e o Museu da Diáspora Negra. A Fundação Malcom X procedeu ao levantamento dos negros vítimas de linchamentos, execuções policiais extralegais extralegais e condenações injustas com vistas à indenização de seus descendentes. O Museu da Diáspora Negra dedicou-se ao mapeamento das raízes das comunidades negras das Américas.

Os jovens e adolescentes norte-americanos da etnia branca sobreviventes da Grande Peste, arruinados e traumatizados, inauguraram um novo estilo de vida denominado *Easylife*, que consistia em viver cada dia como se fosse o último, não fazer planos, não competir, não poupar nem acumular, divertir-se e principalmente não procriar. O *Easylife* acelerou o declínio da população branca.

Na Ásia, apenas a Índia foi atingida com dureza pela Grande Peste, dizem as *Crônicas do Fim do Mundo*. Ali, o vírus matou 240 milhões de pessoas, um sexto da população, o maior número de vítimas em um só país. A China, país escolhido pelo *Climate Action* para introdução secreta do vírus, reagiu às primeiras mortes com medidas draconianas e pouco sofreu. Fechou fronteiras, isolou cidades inteiras, proibiu chineses de viajar, pôs em quarentena os que retornavam e ordenou o sacrifício de todos os cães e gatos. Para tanto, antecipou o tradicional festival anual de consumo de carne de cachorro. Vietnã e Coreia do Norte, países da Ásia, adotaram medidas semelhantes e igualmente pouco sofreram.

Em congresso extraordinário, o Partido Comunista Chinês adotou um novo plano econômico denominado Grande Salto Para Dentro e uma nova matriz política denominada Democracia Popular de Processo Completo. Pôs fim ao comércio com a Europa e as Américas, excetuando apenas Cuba, Peru, Venezuela e Bolívia. E rompeu relações diplomáticas, comerciais e financeiras com o Brasil, seu maior fornecedor de alimentos e minérios, em retaliação à Nova Ordem ter chamado a pandemia de Peste Chinesa e o vírus de Vírus Comunista.

Em cinco anos, o Grande Salto Para Dentro incorporou quatrocentos milhões de chineses pobres a uma sociedade de consumo definida como *igualitária de média intensidade*. Já a Democracia Popular de Processo Completo associou processos a resultados, democracia direta com indireta e a vontade popular com a vontade do Estado. Foi considerada, juntamente com o Grande Salto para Dentro o mais inovador experimento em engenharia social desde a criação dos Kolkhozes na antiga União das Repúblicas Socialistas Soviéticas no século dezenove do Holoceno.

No final do Holoceno, a República Popular da China tornou-se potência mundial encabeçando a Associação das Nações do Sudeste Asiático (ASEAN), composta por dez países. Ao se iniciar o Antropoceno, já era a potência hegemônica e sua Democracia Popular de Processo Completo passou a ser adotada por países da África e Ásia.

As *Crônicas do Fim do Mundo* relatam a saga de milhares de órfãos da Grande Pandemia na Índia e nos Estados Unidos. Na Índia, dirigidos por pequenos líderes que pareciam surgir dos nada, colunas e colunas de crianças órfãs atravessaram rios, escalaram montanhas e marcharam por vales e planícies, suas fileiras sempre engrossando, até convergirem numa única coluna. Ao atingirem Nova Déli, proclamaram a Nação das Crianças Solidárias.

A Nação das Crianças Solidárias criou uma rede nacional de acolhimento de órfãos e instalou o Tribunal da Verdade sobre a Grande Peste para julgar os responsáveis pelo altíssimo número de vítimas no país, sobretudo em comparação com a China. Em seguida, processou por genocídio, no Tribunal Penal Internacional, dirigentes de indústrias farmacêuticas, o ex-presidente dos Estados Unidos e os ex-primeiros ministros da Grã-Bretanha e da Índia por sonegarem vacina a países da África e Ásia e por não quebrarem patentes de medicamentos. As *Crônicas* não falam do desfecho desse processo. Como as patentes permanecem em vigor, supõe-se que o processo foi engavetado.

Nos Estados Unidos, gangues de órfãos da Grande Peste perambulavam pelas ruas das metrópoles, saqueando lojas e supermercados, invadindo escritórios e ocupando palacetes abandonados. Depois, passaram ao saque sistemático de farmácias e *drugstores* em busca de anfetaminas e psicotrópicos e entregaram-se às drogas nos becos e desvãos das cidades. O *Black Power* criou para eles um programa de recuperação, não obstante, de reduzido sucesso.

Nos lares dos norte-americanos brancos sobreviventes da Grande Peste instalou-se a miséria súbita, de todas a pior. Nos Estados do Sul, revoltados com a imunidade dos negros ao vírus e com o sacrifício compulsório de seus cães e gatos de estimação, turbas de brancos liderados pela Klu Klux Klan lançaram pogroms contra os negros, latinos e asiáticos e, em alguns lugares, também contra judeus. Para debelar os pogroms, o *Black Power* ordenou a invasão militar do Sul. Assim começou a segunda guerra civil norte-

-americana, que, embora de curta duração e menos sangrenta do que a primeira, exauriu o país, pondo fim a seu poder imperial.

Entre todos os governos do planeta, apenas a Nova Ordem dos Estados Unidos do Brasil foi alertada pelo consórcio sobre a iminência da Grande Peste. O consórcio julgou necessário preservar a função do Brasil na divisão internacional do trabalho como maior provedor mundial de alimentos, colocada em risco pelo crescimento desmesurado de sua população. Avisada, a Nova Ordem pôode tirar o maior proveito da Grande Peste, livrando-se de boa parte de seu excedente demográfico.

Também influiu na decisão do consórcio ser a Nova Ordem o único, entre os inúmeros regimes totalitários em vigor no último século do Holoceno, que controlava de modo absoluto as mentes de seus habitantes adultos. Graças à invenção de um nanoprocessador implantado no cerebelo de seus habitantes ao atingirem a maioridade, eles se tornavam dóceis e obedientes.

O Chip de Customização de Humanos Conformados, nome pelo qual o nanoprocessador foi patenteado, era programado com algoritmos que suprimiam paixões e bloqueavam funções críticas e analíticas da mente humana. Um finíssimo eletrodo de platina conduzia os sinais do nanoprocessador até o envoltório do tronco encefálico. Já os estamentos dirigentes, que incluíam as linhagens das famílias proprietárias e a oficialidade das forças armadas, recebiam algoritmos de reforço às funções de comando e autoestima.

Nenhum outro sistema político, nem mesmo os dotados de sofisticados sistemas de vigilância de seus cidadãos, havia alcançado tal grau de controle social. Embora insistentemente solicitada, a Nova Ordem jamais compartilhou os mecanismos e os algoritmos de seu chip de customização de humanos, nem mesmo com o consórcio *Climate Action*.

A Grande Peste matou sessenta milhões de brasileiros em três anos, incluindo a totalidade dos doentes crônicos e dos velhos, e a maioria dos indígenas, quilombolas, desempregados e moradores de rua. Um êxito notável, embora aquém da meta de eliminar noventa milhões. Graças ao alerta do *Climate Action*, a Nova Ordem conseguiu processar quase oitenta mil cadáveres por dia sem percalços.

Porém, também no Brasil ocorreu o imprevisto. O vírus da Grande Peste danificava os neurônios do cerebelo dos sobreviventes, impedindo a recepção dos algoritmos que os tornavam dóceis e passivos. Em consequência, os sobreviventes recuperavam a plenitude das funções mentais.

Logo eclodiram sublevações em várias regiões, que rapidamente confluíram numa única grande insurreição popular. Colunas de revoltosos marcharam de todos os quadrantes sobre a capital Brasília e tomaram de assalto os palácios do poder. A crise provocou um racha entre os generais do Alto Comando, revelam as *Crônicas do Fim do Mundo*, o que precipitou o colapso da famosa Nova Ordem, tida até então como o mais sólido e inexpugnável sistema de dominação inventado pelos humanos.

Um livro inteiro das *Crônicas do Fim do Mundo* é dedicado à história desse colapso. Dividido em dez capítulos, tem estilo uniforme, o que sugere ter sido escrito por uma só pessoa, ao contrário do grosso das crônicas, repetitivas e desordenadas, certamente escritas por muitas mãos. Além de minucioso, o anônimo narrador preocupou-se em inserir preciosas notas explicativas sobre mecanismos da Nova Ordem, desconhecidos pelos nossos historiadores.

O protagonista principal da narrativa é um general de quatro estrelas chamado Gonçalves Maynard de Santa Cruz Oliveira, chefe supremo da Nova Ordem. Foi ele quem trouxe do *Climate Action* as instruções para a otimização da Grande Peste como mecanismo de redução demográfica e foi também quem mais se desesperou ao surgirem as notícias de sequelas indesejadas que inutilizavam o Chip de Customização de Humanos Conformados, tido com orgulho pela Nova Ordem como sua maior contribuição ao desenvolvimento harmônico da humanidade.

O que se segue é a reprodução fiel das *Crônicas do Fim do Mundo*..

I

Onde se relata a convocação de generais do Alto Comando da Nova Ordem para uma reunião secreta na Mansão do Lago. A Solução Final do excedente demográfico.

Brasília amanhece sob céus de chumbo. Do perímetro verde, onde se concentram as instituições militares, partem escoltas que conduzirão os generais do Aeroporto Internacional Brilhante Ustra diretamente à Mansão do Lago.[1] Nenhum deles sabe o motivo da convocação. Pelas vidraças do Estado Maior, o general Gonçalves Maynard de Santa Cruz Oliveira confere, preocupado, a partida das escoltas. Teme reações hostis. E teme vazamentos. O mais absoluto segredo deve ser mantido. Total e *ad aeternum*. Não haverá ata nem gravação, nem mesmo notas taquigráficas. Nada. Não incorrerá no erro de Heydrich, que mandou taquigrafar a reunião inteira de Wannesse.

1 O Édito 21/2019 privatizou os 134 aeroportos dotados de voos regulares e os renomeou em homenagem a agentes de repressão de diferentes épocas, a maioria deles destacados combatentes de uma rebelião chamada utopística, eclodida nos primórdios da Nova Ordem. O mesmo Édito elevou a patente dos agentes homenageados a General de Brigada, a maioria deles, *post-mortem*. Os utopistas exigiam a extinção dos bancos e cancelamento das dívidas compulsórias.

Passados cinco anos da instauração da Nova Ordem, não obstante o êxito da Economia Neoliberal Coercitiva e o extermínio dos rebeldes utopistas, a meta de redução populacional não foi alcançada. Sucessivas operações de extermínio de grupos específicos tiveram efeito reduzido no computo total. Metade da população adulta permanece desempregada e a economia não tem como criar novos empregos, raciocina Santa Cruz. O Grande Recomeço veio na hora certa.

Ainda ecoam na sua mente as palavras do general Lindoso Fagundes antes de ser assassinado: o Brasil da Nova Ordem não precisa de 210 milhões de habitantes nem tem trabalho para tanta gente; basta-nos um mercado de 30 milhões de famílias, ou 120 milhões de habitantes, para assegurar o equilíbrio econômico e a força de trabalho necessária. Sabiamente, Fagundes nunca colocou isso por escrito. Dos que ouviram aquelas palavras proféticas, só restou ele na ativa.

Santa Cruz orgulha-se de ter participado de todas as operações de redução populacional. Desde a primeira, que pegou de surpresa as lideranças do pensamento crítico nas universidades, até a última, a operação Cândida, de eliminação de desalojados do campo e sem-teto das cidades, infelizmente interrompida com o assassinato de Fagundes por um morador de rua, já lá vão mais de dois anos.[2]

Na operação Quimera, que aniquilou os utopistas, Santa Cruz teve papel central. Foi quem descobriu que o móvel do rebelde filho de família proprietária era edipiano: o Estado opressor, identificado com o pai opressor, precisava ser destruído pela ação evolucionária para que a pátria, que ele associava à figura da mãe, pudesse ser possuída.

Sem essa descoberta teria sido impossível reeducar esses jovens e preservar as linhagens do Estamento de Famílias Proprietárias, o que poria em risco a própria continuidade da Nova Ordem.[3] Foi seu brilhantismo

---

2 A Operação Cândida, de eliminação de retirantes das secas do Nordeste, desalojados do campo e moradores de rua, era apenas a primeira parte de um projeto estratégico da Nova Ordem de redução da população a não mais que trinta milhões de famílias necessárias para manter o equilíbrio de uma economia agroexportadora.

3 O Estamento das Famílias Proprietárias (EFAPRO) foi oficializado em sequência ao Édito 5/2019 da Nova Ordem Fundiária, que extinguiu reservas indígenas e quilombolas e expropriou pequenas e médias propriedades rurais. Fazem parte do EFRAPO linhagens detentoras de um milhão ou mais de hectares de terras cultiváveis. Das 182 linhagens cadastradas no EFRAPO, 140 são descendentes diretas das capitanias hereditárias. As demais formaram-se nos anos seguintes ao Movimento

que o elevou rapidamente ao generalato, atropelando oficiais mais antigos. A súbita morte de Fagundes ajudou, é claro.

Tudo isso é café pequeno frente ao que vamos decidir na reunião de hoje na Mansão do Lago, raciocina Santa Cruz. Jamais ousou-se um ajuste demográfico tão radical. Aboliram a escravatura, mas não exterminaram os escravos. São sobretudo seus bisnetos e tataranetos que atrapalham a economia. Hoje, na Mansão do Lago, será dado um basta a isso tudo, será a Solução Final do excedente demográfico.

Construída no estilo neoclássico pelo dono de uma rede atacadista de alimentos, a Mansão do Lago destaca-se na paisagem do Plano Piloto por sua imponência e extravagância. Nela foi sacramentada a aliança entre a Confederação dos Banqueiros, as famílias proprietárias e os generais do Alto Comando que implantou a Nova Ordem. Passou a sediar o Centro de Operações Reservadas da Nova Ordem depois que seu dono, ironia da história, foi condenado a doze anos de prisão por sonegação de impostos e falência fraudulenta.

Os participantes da reunião foram escolhidos a dedo: os comandantes dos quatro exércitos, chefes dos serviços informação e de vigilância social e o chefe da Serviço de Intendência das Forças Armadas, general

---

Revolucionário que instituiu a Nova Ordem, oito delas através de leilões das terras indígenas.

médico Carlos Torquato Quiromante. Os de fora chegarão em jatinhos da Força Aérea da Nova Ordem. Os estacionados em Brasília devem se apresentar à Mansão do Lago às sete em ponto. Haverá um café substancioso e às sete e quarenta e cinco começará a reunião. Vai ser longa e penosa, antevê Santa Cruz.

A interrupção da Operação Cândida colocara em risco um dos Objetivos Nacionais Permanentes da Nova Ordem: a Austeridade Fiscal Absoluta (AFA), exigência inegociável da Confederação dos Bancos e fundos estrangeiros de investimento.[4] A AFA não pode ser alcançada sem a eliminação dos idosos, dos incapazes e do enorme contingente de desempregados, bocas inúteis, que geram filhos igualmente inúteis, famílias imensas improdutivas sobrecarregando os serviços sociais e de repressão.

Os empresários pedem a retomada da Operação Cândida, porém Santa Cruz pensara mais alto. Por isso, decidira ir pessoalmente a Davos. E se congratula pela sábia decisão. Sempre suspeitou que, por trás da pompa

---

4 Instituída pelo Édito 18/2019, a AFA obriga União, Estados e Municípios a manterem déficit público zero. O artigo 2 proíbe calotes tanto dos juros com dos resgates da dívida pública. O artigo 3 determina que cortes orçamentários, se necessários, devem incidir sobre gastos em saúde, educação, habitação e transporte, nessa ordem.

e da retórica, em Davos é que se decidia o destino da humanidade. O Grande Recomeço é de uma ousadia que empalidece os grandes feitos da humanidade.

Só o general Fagundes imaginara algo nessa escala. Mas Fagundes demorou, vacilou e, depois que enviuvou, pensava mais na amante do que nos destinos da Nova Ordem. Essa é a vantagem de permanecer solteiro, poder se dedicar integralmente à carreira militar e à construção da Nova Ordem.

II

Onde Santa Cruz revela aos generais as apreensões frente ao aquecimento global. Um cataclismo pode levar à extinção da espécie humana.

Os generais conversam à meia voz, uns fumando, outros ainda degustando as iguarias do bufê. Tentam adivinhar o motivo da convocação. Alguns ainda se ressentem da ascensão meteórica de Santa Cruz ao generalato, atropelando os mais antigos. Um deles é o general Augusto Valadão, que detestou ser designado para o comando da Amazônia – terra de bugre, ele não se cansa de dizer. Sua mulher nem o acompanhou, ficou no Rio.

Valadão fala alto e não tem papas na língua. É grosseiro e trata mal seus subordinados. Orgulha-se de ter comandado a Brigada de Paraquedistas. Em outros tempos, também se orgulhava de seu porte atlético. Porém está gordo e de bochechas entumecidas, como se tomasse cortisona. Dizem que mata o tempo em Manaus bebendo e correndo atrás de rabos de saia.

Outro descontente é o general Carlos Torquato Quiromante, relegado ao abacaxi da Intendência, que, além de trabalhosa, impede-o de obter a terceira estrela, por não comandar um corpo de exército. Torquato entrou no exército capitão-médico, com especialidade em traumatologia. Tem temperamento oposto ao de Valadão, é educado, atencioso e calmo, muito calmo, como se tivesse nascido para a rotina pachorrenta da Intendência. É ligeiramente estrábico.

O zum-zum está num crescendo quando o general Santa Cruz manda que os ordenanças se retirem e chama os generais à sala de reunião. Em seguida, cerra as portas ruidosamente e as chaveia. Os generais acomodam-se devagar, como que resistindo gestualmente à convocação abrupta e não explicada. Santa Cruz não se exaspera, aguarda paciente, até todos se sentarem. Depois, fita-os um por um. Deixa passar mais um minuto e, com gestos teatrais, deposita no centro da mesa um cesto de vime, suscitando ainda mais curiosidade. Só então abre a reunião.

Estão todos intrigados com o cesto de vime.

— Senhores, a ocupação extensa da Terra pelos humanos resultou numa nova era geológica, que os cientistas chamam de Antropoceno, marcada por repetidas e intensas catástrofes climáticas. Os verões são cada vez mais quentes, e os invernos, mais severos, as chuvas, mais torrenciais. Multiplicam-se tsunamis, incêndios devastadores e desastres como os de Chernobyl, Fukushima e Chooz. Até hoje não há vida num raio de cem quilômetros em torno de Chernobyl. Uma área do tamanho do Distrito Federal sem vida alguma! Os senhores já pensaram nisso?

Ninguém responde. Não se houve um pio. Santa Cruz prossegue:

— Os senhores sabiam que neste verão a temperatura em certas localidades do Hemisfério Norte beirou os 60 graus Celsius, provocando milhares de mortes por hipertermia? E que nós, brasileiros, já perdemos vinte porcento de nossas superfícies de água doce?

Santa Cruz percorre a mesa com olhar inquisitivo. Escrutina. Busca as reações. Ninguém, porém, reage. Na fisionomia dos generais vê-se perplexidade. Não atinam qual o sentido da inesperada digressão de Santa Cruz – para alguns, disparatada – e se perguntam aonde ele quer chegar.

Santa Cruz eleva o tom.

— Senhores generais, pode ocorrer ainda nesta década um cataclismo de tal modo devastador que não consigamos refazer as bases da civilização humana. Será o fim dos humanos! Algum dos senhores já pensou nisso? Os dinossauros não foram extintos por um cataclismo? Pois o mesmo pode acontecer com os humanos. Foi disso que se falou em Davos, e é disso que falaremos hoje. Esse é o motivo da reunião, nada mais nada menos do que evitar o apocalipse.

— Apocalipse... não acredito, ironiza o general Valadão.

— Sei que custa a acreditar, retruca Santa Cruz, fitando Valadão. Vou explicar.

Santa Cruz corre os olhos numa folha de papel. Em seguida, volta a falar, em tom de persuasão, como um paciente professor perante uma classe desmotivada.

— A principal causa das catástrofes climáticas é o efeito estufa, e a principal causa do efeito estufa é a produção de alimentos que ocupa áreas cada vez mais extensas. Estima-se que no ano passado foram emitidas 52 gigatoneladas de gás carbônico; se as emissões chegarem a 58 gigatoneladas, e isso pode acontecer em dois ou três anos, será o fim de inúmeras espécies e, talvez, o fim da espécie humana.

Santa Cruz faz nova pausa. Quer que suas palavras penetrem fundo. Fita-os, um por um, mais uma vez. Só então volta a falar.

— Uma solução seria reduzir drasticamente o consumo, mas isso ninguém quer, não é mesmo? Ninguém quer regredir a um modo de existência primitivo, em que a dieta era pobre, e a vida, bruta e curta. A única alternativa, senhores, é reduzir o universo dos que consomem.

— O Clube de Roma já falava isso, atalha Valadão, diziam que era para preservar os minérios e o petróleo, ninguém fez nada e os minérios não acabaram, o petróleo não acabou, ao contrário, é cada vez mais abundante.

— Com todo o respeito, general Valadão, o Clube de Roma é brincadeira de criança frente a Davos. Em Davos estão empresas que faturam acima de dois trilhões de dólares cada uma. Os senhores podem imaginar? É mais do que o PIB do Brasil.

— Caramba! Exclama um general do fundo da sala.

— Quando fundaram o Clube de Roma, a população do planeta mal chegava a três bilhões, e a economia chinesa engatinhava; hoje, somente China e Índia somam três bilhões, e o planeta, oito e meio bilhões, com a agravante de que na era digital o trabalho humano não tem serventia. Tem gente demais no planeta Terra, general Valadão.

— Sim, e daí?

— E daí que não se pode mais contemporizar, é preciso fazer o que não foi feito. E fazer logo.

— De que modo?

— Reconfigurando a humanidade, general Valadão, é disso que se trata.

Os generais trocam olhares inquietos. Alguns murmuram. O ambiente é de apreensão. Não entendem o que significa reconfigurar. A expressão não faz parte do jargão militar.

Santa Cruz ergue-se e diz:

— Antes de continuar, peço que depositem neste cesto todos os seus celulares e canetas; lápis, celular, bloco de anotações, tudo que sirva para registrar; a partir deste momento seremos portadores de um segredo inviolável, a mãe de todos os segredos, um segredo que jamais deve vazar, entendido?

Santa Cruz acompanha o descarte de cada um com olhar vigilante. Terminada a coleta, deixa passar mais um minuto e desfaz-se com gestos solenes de seu próprio celular, caneta e agenda, como que para selar um pacto de silêncio. Em seguida, retira de sua pasta um maço de papéis.

Todos os olhares estão fixos em Santa Cruz.

— Senhores, já participamos das sete plataformas de Davos e foi delas que trouxemos a nossa Economia Neoliberal Coercitiva.[1] Porém, somente na reunião deste ano fomos introduzidos a um plano secretíssimo, bolado pelas três maiores empresas de Davos. Chamase *The Great Reset*, O Grande Recomeço. É um plano que nem governos nem outras empresas conhecem. O Grande Recomeço, senhores generais, consiste em eli-

1 A Economia Neoliberal Coercitiva (ECONEC) foi implantada pela Nova Ordem assim que assumiu o poder, através do Édito 2/2019 que extinguiu os bancos de desenvolvimento,a Zona Franca de Manaus, a Sudam, a Sudene e os ministérios do Trabalho, de Minas e Energia e da Indústria e Comércio. A ECONEC privatizou empresas estatais e autarquias, leiloou as reservas de petróleo e minério, eliminou impostos de importação e reduziu a 10% o imposto de renda; extinguiu as leis trabalhistas, o Bolsa Família e demais programas de assistência social e estendeu para 80 anos a idade mínima para aposentadoria.

minar metade da população do planeta em prazo não superior a três anos.

Exclamações de espanto.

— Em três anos! Metade! Como?! Isso é impossível!

— Isso é uma iniquidade! Exclama o general Feitosa.

— Iniquidade necessária, rebate Santa Cruz. A racionalidade do Grande Recomeço é simples. Primeiro, não há tempo para um ajuste gradativo do modo de produção ou esperar que a população diminua por si mesma; segundo, cortando a população à metade, todos os problemas se resolvem como num passe de mágica, a começar pela a redução do efeito estufa. Fecha-se o buraco de ozônio, interrompe-se o derretimento das geleiras, acabam-se os tsunamis, os incêndios florestais, o refluxo das correntes marítimas, a elevação do nível do mar, enfim, a natureza retorna ao estado anterior ao Antropoceno.

Cenhos franzidos. Mãos inquietas. No fundo da mesa, um general não esconde o nervosismo e, na falta de um lápis ou caneta, martela a mesa com a ponta dos dedos. É o Alcides de Alcântara Feitosa, comandante do Exército do Sul. Feitosa tem rosto fino, nariz delicado e olhos azuis, feições que podem ter sido angelicais, hoje estragadas pela calvície. É o único católico praticante no Alto Comando. Os outros o chamam pelas costas de Alcides Papa Hóstia.

Santa Cruz prossegue:

— O Great Reset ajusta o planeta à era digital, mantendo o padrão de consumo.

— Não é o que queríamos com a Operação Cândida? Pergunta Torquato.

— Pode até ser que o Grande Recomeço tenha se inspirado no nosso conceito de ajuste demográfico, porém a escala é outra, e o método é absolutamente original, algo jamais imaginado, capaz de eliminar populações inteiras num estalar dos dedos e sem risco de criminalização.

— A Operação Cândida era rudimentar e custosa, admite Torquato, transportes a longa distância, despejar corpos a trezentas milhas da costa, enfim, era insustentável, eu até acho que acabou por causa do custo e não porque o Fagundes foi morto.

— Custosa e perigosa, muito perigosa, concorda Santa Cruz. Mesmo disfarçada pelo nome de Ação Solidária, arriscávamos uma condenação por crimes contra a humanidade.

— E esse tal de Great Reset? Não tem esse risco? Que método genial será esse que não tem risco? Indaga o general Torquato.

— O método! O método! Reclamaram outros, quase ao mesmo tempo.

O general Santa Cruz faz nova pausa. Quer se certificar do estado de espírito dos seus comandados.

— Qual o custo desse novo método? Pergunta o general Valadão.

— Custo zero.

— Custo zero?! Mas, como? Impossível!

— Aí é que está a beleza da solução, o Estado não vai precisar fazer nada.

O general Santa Cruz repete a postura, que já se tornou um cacoete, de percorrer a mesa com o olhar. Desta vez, um olhar de desafio. Os generais permanecem calados. Aguardam. Finalmente, Santa Cruz abre o jogo:

— A natureza se encarregará, senhores generais, uma epidemia cortará a população do planeta à metade, assim como a peste negra dizimou metade da população na Europa; uma simples epidemia, global, planetária, mais abrangente do que a peste negra e mil vezes mais virulenta do que a gripe espanhola; o Estado, senhores generais, não vai precisar fazer nada, nem enterrar os mortos, cada família enterrará os seus.

Estão todos pasmados. Duas horas antes provavam uma canjiquinha, conversavam despreocupados, apenas um pouco curiosos, agora esse pesadelo. Uma epidemia que vai matar meio mundo, literalmente falando, meio mundo mesmo, não é figura de retórica. O silêncio é absoluto e prolongado, até que se ouve o general Valadão:

— Tenho que admitir que é genial, as melhores soluções são sempre as mais simples! Você teve acesso às discussões que desembocaram nessa proposta? Por que Davos levou tantos anos para chegar ao óbvio?

Valadão não usa a forma senhor ao se dirigir a Santa Cruz, assim refirma sua condição de senioridade.

— Aí é que está o xis da questão, explica Santa Cruz, foi preciso ignorar toda uma ética humanista que vem desde a Revolução Francesa, o protocolo de Estocolmo, a Carta da ONU, a Declaração Universal dos Direitos Humanos, a Convenção de Genebra e, principalmente, as convenções sobre as armas químicas e biológicas; o Grande Recomeço é a negação de tudo isso.

— Que horror! Reclama no fundo da mesa o general Feitosa.

— Sim, um horror, general Feitosa, mas de que adiantam belos princípios se não existir mais a espécie humana?

Feitosa não responde.

— Felizmente, em Davos prevaleceu o bom-senso e a clarividência, conclui Santa Cruz.

— E a ousadia, completa Valadão, desta vez vamos acabar com os bugres sem pirraça dos europeus, não resistem nem a um sarampo.

— Não só indígenas, diz Santa Cruz, velhos, diabéticos, asmáticos, obesos; enfim, não deixará de haver uma dose de darwinismo, mas sem essa baboseira de raça superior. Os nazistas erraram ao falar raça superior sem justificativa científica, e foi por causa deles que surgiu o protocolo de Estocolmo; o Grande Recomeço é racional, nasce de um diagnóstico cientifico irrefutável; ocorre que nem toda a humanidade está preparada para o Grande Recomeço nem dispomos de tempo para uma reciclagem ideológica, daí a necessidade do mais absoluto segredo.

Os generais matutam. Santa Cruz é um solteirão, não tem filhos nem irmãos, e os pais já morreram, só pensa na carreira e no poder, dizem até que as mulheres o intimidam; mas eles têm suas famílias, o pai diabético, o irmão cardíaco, a avó nos seus noventa e tantos anos... a filha obesa. Pela mente de cada um passam cenas de reuniões familiares. Rostos. Os netos, principalmente os netos.

O general Feitosa está pálido como um cadáver. Metade dos Alcântara Feitosa são diabéticos. O mal é congênito no ramo dos Alcântara. Passa um minuto, passam dois, três. Até que o general Torquato rompe o silencio. Parece perturbado.

— General Santa Cruz, se o Estado não precisa fazer nada, qual o objetivo desta reunião?

— É que não basta o Estado não fazer nada; é preciso impedir que outros o façam, impedir que burocratas desavisados dificultem o livre curso da pandemia. Não esqueçam que se trata de um programa secretíssimo. Vamos ter que simular um combate à pandemia e ao mesmo tempo torná-la a mais mortífera possível. Como conciliar as duas missões absolutamente antagônicas? Esse é o nosso desafio. Um gigantesco desafio. Mas, antes, um intervalo para o almoço e uma nova verificação de segurança; o bufê já deve estar pronto, quarenta e cinco minutos para esticar as pernas, forrar o estômago e preparar o espírito.

Santa Cruz ergue-se e caminha até a grande porta, que abre teatralmente de par em par. Os generais o acompanham, cabisbaixos.

III

De como a Nova Ordem preparou-se para a Grande Peste, ampliando a capacidade de cemitérios e barateando o custo da morte. A Nova Ordem Funerária.

De volta a seus lugares, alguns generais não escondem a estupefação. Estão aparvalhados Jamais imaginariam algo como o Grande Recomeço. Cortar a população mundial à metade! Foram treinados para matar, mas matar gente perigosa, subversivos, utopistas, livre-pensadores, lideranças do pensamento crítico, padres engajados, homossexuais, viciados em drogas, no limite até mendigos e moradores de rua. Não a matar gente de vida regrada, pessoas comuns, ademais, devidamente formatadas pelo Chip de Customização de Humanos Conformados. Pessoas, portanto, inofensivas. E matar aos montes, milhões, talvez famílias inteiras. Uma peste não seleciona. Não discrimina. Hirsutos e pensativos, apuram os ouvidos para ouvir o que tem que ser ouvido. Não podem perder uma só palavra.

Um deles, sem que ninguém perceba, aciona um microgravador que traz escondido num bolso oculto do paletó. É o general Sílvio de Souza Melo, que dirige a Escola de Aperfeiçoamento de Oficiais e é o único que está à paisana. É chamado à boca pequena de SS, por ter chefiado a Agência Nacional de Vigilância Social.

Tem rosto magro e olhos opacos, fisionomia de homem frio. Souza Melo é obcecado por documentação militar. Percebeu a importância histórica da reunião e decidiu registrar à revelia.

Santa Cruz repete o gesto de buscar os olhos de seus generais, detendo-se fixamente em cada um. Demora-se mais no Torquato e no Feitosa, que deram sinais de inquietação. Só então retoma a palavra:

— Senhores, para o sucesso do Grande Recomeço é preciso uma estratégia. Não se sabe onde surgirá a epidemia nem como vai evoluir, mas uma coisa é certa, morrerá muita gente porque esse é o objetivo do Grande Recomeço. Pois bem, o que podemos fazer? Podemos e devemos desde já adaptar nosso sistema funerário a um quadro de mortes em massa. Hoje, não se permite sepultar nem cremar sem atestado de óbito, o que só um médico pode fazer; cada corpo tem que ter caixão e cova individual, se a causa da morte é suspeita ou indefinida, é obrigatória a necropsia; cadáveres só podem ser transportados em camburões fúnebres... Enfim, é muita burocracia. E nós não queremos que se amontoem cadáveres nas portas dos cemitérios à espera de sepultamento, não é mesmo? Ou que os necrotérios se entupam de corpos à espera de autópsia. Queremos um morticínio silencioso, sem escândalos. Esbocei um sistema funerário simplificado e expedito, adequado a uma pandemia. Vou pedir ao Torquato que revise, corrija o que tiver que ser corrigido. Na semana que vem promulgamos.[1]

---

1 A minuta resultou no Édito 33/2020 que institui a Nova Ordem Funerária, também conhecida como o Simples Funerário. Seu artigo 1 cria a Declaração Simplificada de Óbito (DSO) e a Declaração Simplificada de Óbito Coletivo (DSOC), que podem ser emitidas por enfermeiros, paramédicos, socorristas e farmacêuticos. O artigo 2 permite a emissão de um DSOC quando falecem dois ou mais membros de uma família no intervalo de 24 horas; O artigo 3 permite o sepultamento ou cremação de corpos não identificados, esgotado o prazo de 24 horas para sua identificação; o artigo 4 permite o sepultamento em covas coletivas, o artigo 5 dispensa a necessidade de necropsia em mortes por acidentes ou causas indeterminadas; o artigo 6 permite o transporte de cadáveres em veículos de qualquer tipo; o artigo 7 permite o sepultamento em jazigos familiares, de membros da família não listados no contrato original; o artigo 8 determina o sepultamento obrigatório de mortos não reclamados em 24 horas por familiares em hospitais, clínicas, casas de repouso, albergues e unidades do Instituto Médico Legal; o artigo 9 obriga todo município a manter um crematório se tiver mais de cem mil habitantes, dois se tiver mais de quinhentos mil e quatro se tiver mais de um milhão; o artigo 10 permite a terceirização de cemitérios e crematórios e dispensa exigência de capital mínimo para a abertura de agências funerárias.

— Já? Não há perigo de despertar suspeitas? Pergunta o general Torquato.

— Não, porque seguem a mesma linha da liberação do porte de armas; além disso, quem suspeita que vai haver uma epidemia? Não baixamos o custo de vida? Pois vamos baixar o custo de morte.

Ninguém acha graça na frase de efeito. Santa Cruz percebe o desconforto e, para disfarçar, põe-se a mexer na sua pasta. É socorrido por Valadão:

— Tem mesmo que acabar com a sacralidade do cadáver, morto é morto, tem que enterrar e pronto.

— Devagar com o andor, atalha Feitosa, não podemos ofender nossa base religiosa.

— Sabemos ao menos como surgirá a peste? Pergunta Torquato.

— Só sei que será provocada por um agente patológico de extrema letalidade e que, para não despertar suspeitas, surgirá onde já surgiram outras epidemias em anos recentes. É fundamental, absolutamente fundamental, que jamais se desconfie de sua origem programada.

— Mas o senhor sabe a verdadeira origem?

— Desconfio do laboratório de guerra biológica do exército americano em Fort Detrick.

—Então é coisa do governo americano?

— Não, nenhum governo sabe, nem a CIA nem o FBI nem a KGB, ninguém exceto nós, a Nova Ordem. Davos teme que nosso excedente populacional ponha em risco nossa capacidade de prover o mundo de alimentos. Além disso, só mesmo um regime absolutamente totalitário como o nosso aprovaria algo assim. Que outro regime consegue customizar a mente de seus adultos? Nenhum.

— Esse laboratório do Fort Detrick não é o mesmo que ofereceu a ricina ao Ariovaldo? Pergunta o general Souza Lima.

— Esse mesmo, responde Santa Cruz, não usamos por falta de instalações, foi uma pena, bastavam três microgramas para matar um adulto.

— Vamos ter o mesmo problema, diz o general Valadão, isso de acabar com a burocracia não basta, vamos precisar de mais crematórios, vamos ter que expandir os cemitérios, os ossuários, os velórios, sei lá o que mais.... — E isso leva tempo, é bom começar desde já, diz o general Torquato.

Santa Cruz sorri, satisfeito. Finalmente caiu a ficha, começam a participar.

— Bem pensado, ele diz ao general Torquato, que tal criarmos um plano de incentivos às prefeituras para expandir cemitérios e construir rapidamente novos crematórios? Um plano irrecusável, com empréstimos subsidiados, isenção fiscal, o que for preciso. Você pode se encarregar disso?

— Posso, responde Torquato.[2]

— Intervalo para um café, meia hora para esticar as penas, anuncia Santa Cruz.

---

2 Assim nasceu o Programa Nacional de Revitalização dos Espaços Sagrados (PRONARES) apresentado no Portal da Nova Ordem como reivindicação de pastores das igrejas evangélicas, bispos da Igreja Católica e rabinos. O PRONARES oferece às prefeituras empréstimos a custo zero para construção ou expansão de crematórios e cemitérios e concede isenção fiscal à produção e venda de retroescavadoras e camburões.

IV

Da enorme dificuldade de fingir que se combate a Grande Peste enquanto se faz o oposto. A doutrina e as táticas da Guerra de Simulacro.

Os generais estão de volta a seus lugares. Parecem cansados, ou será que estão abatidos? Alguns olham o relógio. A reunião já dura sete horas. Santa Cruz escrutina as feições. O circunspecto Souza Lima tentara entabular uma conversa no intervalo do café e desistira. Feitosa exibe sintomas de transtorno. Pisca sem parar. Santa Cruz anota mentalmente que será preciso acalmar o Feitosa, quem sabe um curso de especialização em Washington? Os demais, calados. Até mesmo o loquaz general Valadão.

Ainda pensando em como ganhar o Feitosa, Santa Cruz apaga as luzes e projeta uma imagem na parede lateral. Sugere aos generais sentados daquele lado que se virem para acompanhar a projeção. A imagem é de uma extensa planície, ocupada a perder de vista por fileiras de tanques de guerra.

— Tudo falso, proclama Santa Cruz, tudo de papelão. Foram montados na costa Sul da Inglaterra para persuadir os alemães de que dali partiria a invasão do continente; essa é uma das táticas da Guerra de Simulacros, senhores generais, a tática do Engodo Induzido.

Na tela, nova imagem, um templo parcialmente destruído e uma legenda: *West Wing of Saint Paul's Cathedral destroyed by V2*.

— Essa igreja é outra, explica Santa Cruz, distante da Saint Paul; a BBC esticava em quilômetros os locais de queda das V2, levando os alemães a encurtar de tal modo a pontaria que grande parte das V2 acabavam caindo no canal da Mancha: outra tática da Guerra dos Simulacros, a do Falseamento Quantitativo.

— Qual o objetivo dessas projeções? Pergunta Valadão.

— Relembrar os fundamentos da Guerra de Simulacros, que estudamos pouco na Escola de Aperfeiçoamento de Oficiais. Como foi que os ingleses resistiram aos alemães? Com a força? Não! Com a malícia, com o engodo, com os estratagemas da War of Deception. Não esqueçam que o Grande Recomeço é uma operação clandestina, da qual nem governos nem agências internacionais têm conhecimento. Assim que se configurar uma pandemia, vão nos cobrar políticas de proteção da população. Essa é a dificuldade maior do Grande Recomeço, fingir que se protege a população enquanto se faz o contrário. Aí é que entra a Doutrina da Guerra de Simulacros.

O general Sílvio de Souza Melo ergue a mão.

— Sim, general Souza Melo, qual a dúvida?

— Como é que fica a Doutrina da Guerra Psicológica Adversa? Não se pode adestrar com duas doutrinas ao mesmo tempo.

— Sai a Guerra Psicológica Adversa e entra a Guerra de Simulacros, conforme formulada por Dudley Clarke. Os utopistas já foram aniquilados, não foram? Pois está na hora de mudar.

— Como isso se aplica concretamente a uma epidemia? Volta a perguntar Souza Melo.

— Vou dar um exemplo: em algum momento vai aparecer um fármaco ou um coquetel de fármacos contra a moléstia, foi assim com a AIDS, não foi? Pois bem, o que fazer para afastar o povo do medicamento? Espalhamos o boato de que o fármaco torna os homens impotentes e as mulheres estéreis, ou algo assim; e ao mesmo tempo alimentamos a crença do povão em mezinhas e ervas milagrosas.

— Não é um exagero? Reclama o general Feitosa.

— Não tem nada de exagero. É uma guerra e, numa guerra, o único pecado é a derrota. É assim que funciona: mentir, sempre mentimos; matar, sempre matamos, é o nosso ofício. Mas matar simulando que estamos salvando vidas é outra coisa, para simular é preciso muita esperteza. E contar com a cumplicidade do próprio inimigo, no caso, o povo.

— Entendido, diz Souza Melo.

— E não basta estudar o Dudley Clarke, continua Santa Cruz, temos que usar recursos que na época não existiam, os robôs de disparo digital, os softwares de manipulação de imagem, temos que inundar o Portal da Nova Ordem e sites evangélicos com desinformação.

Enfim, senhores, falsear, iludir, confundir, trapacear, escamotear, deturpar, simular e dissimular, essas serão nossas armas.

Acendem-se as luzes. O general Santa Cruz desliga o projetor e anuncia:

— Vamos tratar de outro problema: os médicos, os sistemas de saúde, os hospitais, os burocratas da Intendência. Como enganar esse pessoal? Penso que não vai ser fácil convencê-los a assistir a epidemia de braços cruzados? Vão reagir. O que você acha, Torquato? Os médicos podem ser cooptados?

— Cooptados já foram quase todos, diz Torquato, foi por eles que expulsamos os médicos comunistas e acabamos com o SUS. Mesmo assim, há um risco, um flagelo nessa escala vai mexer com o inconsciente do médico, é como um instinto que ficou abafado.

— Vamos torcer para isso não acontecer, em todo o caso, é melhor pensar num monitoramento; que tal implantar neles o Comando da Obediência Devida?[1]

— Em todos?

---

1 O Comando da Obediência Devida (CODEVI) é um algoritmo implantado no Chip de Customização de Humanos Dirigentes do estamento militar, para impedir a desobediência a ordens eventualmente controversas. Foi criado após o suicídio de um oficial, levado à Corte marcial por resistir a uma ordem que contrariava sua consciência.

— Em todos, custa caro, eu sei, mas é necessário, toda guerra exige sacrifícios. Você acha que isso resolve?

— Sem dúvida, mas além disso é preciso anular os capítulos do Código Civil e do Código de Ética que asseguram a autonomia do médico e penalizam omissão e negligência.

— Pois façamos isso; e os hospitais, como você acha que vão se comportar?

— Os diretores são médicos, de modo que caímos na mesma situação; nos poucos hospitais públicos que sobraram não vai haver problemas, porque os diretores são todos oficiais das forças armadas.[2]

2 O Édito 20/2019 da Nova Ordem Dirigente determinou que postos de chefia e direção no Serviço Público Federal são da competência exclusiva de oficiais generais, almirantes e brigadeiros; postos de subchefia são da competência de coronéis e oficiais de patente equivalente das demais armas; postos subalternos devem ser preenchidos por capitães e majores; apenas funções simples, tais como auxiliares de limpeza, podem ser preenchidos por civis; o artigo 2 permite que funções que exigem habilitação específica podem ser exercidas temporariamente por civis, na falta de militares habilitados; o artigo 3 abole os concursos públicos cabendo à Diretoria de Pessoal do Alto Comando o preenchimento dos cargos; o artigo 4 concede aos militares alocados a serviço público um adicional de 50% de seus soldos.

— Uma última questão, diz Santa Cruz, temos que pensar desde já na desinformação; seria bom criar um núcleo de especialistas em manipulação de imagem, outro de criadores de conteúdos e montar um robô de postagens automatizadas. General Souza Melo, que tal chefiar essa operação?

Souza Melo sinaliza que aceita.

Santa Cruz dá por encerrada a sessão.

— Podem regressar às suas unidades, peguem seus celulares e canetas. E lembrem-se: sigilo absolutíssimo. Se tiverem que delegar alguma tarefa, mesmo a oficiais das forças armadas, dissimulem seu motivo.

Santa Cruz está exultante. Houve hesitações, o que é natural. Não obstante, prevaleceu o interesse público e, mais que isso, o entendimento de que a espécie humana está em jogo. Os generais sentiram-se protagonistas de uma operação grandiosa, que exigirá sacrifícios igualmente grandes, e que entrará na história como epopeia suprema da espécie, mais ousada do que o primeiro o voo à Lua.

Quanto aos estamentos dirigentes, vamos dar um jeito, anota mentalmente Santa Cruz. Pois ele não encontrou um jeito de livrar do extermínio os garotos utopistas do Estamento das Famílias Proprietárias? Fagundes foi um bom comandante, mas antiquado, raciocina Santa Cruz. Seu herói ainda era o Clausewitz, dos tempos da cavalaria da guerra franco-prussiana.

Totalmente ultrapassado. Já a doutrina da Guerra de Simulacros atende com perfeição à era cibernética e à operação Grande Recomeço. Santa Cruz esfrega as mãos, muito satisfeito consigo mesmo.

Ao saírem, puxa Torquato de lado:

— Torquato, prepare uma minuta de édito para lidar com os médicos. Vai ser um édito secreto, o primeiro do Grande Recomeço.[3]

---

3 Assim nasceu o importante Édito Secreto S1/2019 da Nova Ordem Biomédica. Seu preâmbulo declara que a vida não é um bem individual nem inviolável e sim um bem público subordinado aos interesses do Estado; o artigo 1 permite ao Estado dispor livremente dos corpos defuntos; o artigo 2 extingue o princípio da autonomia médica e determina que os procedimentos médicos devem se pautar por protocolos emitidos pelo Estado; o artigo 3 determina que é dever médico abreviar a agonia de pacientes terminais e proíbe obstinação terapêutica; o artigo 4 permite a eutanásia, dispensando a aprovação do paciente ou seus familiares; o artigo 5 proíbe a distanásia e manda desligar aparelhos e interromper medicações que meramente prolongam a agonia e a ocupação dos leitos e equipamentos hospitalares; o artigo 6 proíbe terapias meramente paliativas; o artigo 7 denuncia o protocolo de Estocolmo que disciplina experimentos médicos com humanos o artigo 8 retira a Nova Ordem da Convenção Internacional sobre armas químicas e biológicas; o artigo 9 extingue os comitês de ética e de bioética.

V

Onde se registra o surgimento do vírus da Grande Peste. A insatisfação da Nova Ordem com o baixo número de óbitos e as iniciativas para acelerar o morticínio. O gabinete paralelo.

A primeira notícia de que uma peste misteriosa estava matando pessoas na China saiu no *New York Times*. O governo chinês desmentiu. O *New York Times* voltou à carga e acrescentou que o médico que identificara a nova doença havia desaparecido. Informou que era um importante infectologista e insinuou ter sido ele a fonte da informação, porém não revelou seu nome. O surto teria ocorrido numa cidade portuária. As pessoas urinavam sangue escuro e em dois ou três dias morriam.

Passada uma semana, o canal chinês CGTN noticiou ter sido debelado um surto de virose na província portuária Guangzhou. O vírus pode ter chegado na carga de um navio estrangeiro. Seguiu-se uma longa reportagem sobre a "degradação ambiental trazida por um capitalismo predatório e pelo efeito estufa que elevou a temperatura do planeta, levando à proliferação de bactérias, vírus, fungos, bacilos e outros agentes patológicos danosos ao homem", palavras do canal chinês CGTN.

Passaram-se três semanas sem que o assunto voltasse ao noticiário. Na sala do Alto Comando da Nova Ordem, o general Santa Cruz acompanha atento as redes internacionais de tevê. Começa a temer o malogro da operação Great Reset, talvez neutralizada pelos chineses, especula. Já estava quase desistindo de acompanhar o noticiário quando a CNN americana exibiu ,em emissão extraordinária, cenas dantescas de uma epidemia que estava causando horror na Índia, dizimando famílias inteiras.

Viam-se incontáveis piras, uma quase ao lado da outra, nas quais corpos eram incinerados. Viam-se aglomerações nas portas de hospitais. Viam-se mulheres chorando a perda de pais e maridos. Viam-se homens protestando em frente a uma prefeitura contra a falta de cilindros de oxigênio e acusando o governo de corrupção. E, a mais chocante de todas as cenas, corpos boiando no Rio Ganges, levados lentamente pelas águas, em meio a amarrados de flores murchas. Queimem seus mortos nos quintais de suas casas, apela o governador do estado de Karnataka, o mais atingido.

Passada mais uma semana, a epidemia já atingira Portugal, Espanha, Inglaterra, França, Itália e Alemanha, países mais visitados por turistas chineses, provocando milhares de mortes e espalhando o pânico. Quando o vírus atingiu as Américas, Rússia e Japão, a Organização Mundial de Saúde declarou estado de pandemia. Logo, a Universidade de Oxford e o Instituto Pasteur identificaram o causador da pandemia: um *Lyssavirus*, da família dos *Rhabdovirus*, a mesma do letal vírus da raiva, disseminado por cães, morcegos e alguns outros mamíferos de pequeno porte. A Nova Ordem rapidamente o denominou "vírus comunista".

Biólogos consultados atribuíram a rapidez de propagação da peste ao grande número de cães e gatos de estimação que os humanos passaram a manter no Holoceno, assim como à destruição do habitat de mamíferos de pequeno porte como lobos, raposas e macacos, e o avanço acelerado das fronteiras agrícolas. Recomendaram o sacrifício imediato e completo de cães e gatos de estimação, o que gerou consternação generalizada e protestos de entidades protetoras de animais.

Santa Cruz convoca o general Torquato

— Torquato, o que é que está acontecendo? Morre um monte de gente na Europa e aqui quase ninguém?

— Calma, Santa Cruz, é dez vezes mais, estamos cortando um zero dos informes.

— Mesmo assim estamos muito aquém dos outros países.

— É porque na Europa há muitos velhos; são extremamente vulneráveis ao vírus comunista, a maioria não resiste mais que três dias.

— E aqui não há? Não temos o déficit da Previdência por causa dessa velharia toda? Você sabia que metade do orçamento da Nova Ordem é consumida com aposentadorias? Metade! Temos que acabar com esses velhos antes que eles acabem com o Estado.

— Alguns médicos dos planos de saúde estão mandando velhos ficarem em casa, algumas empresas dispensaram quem tem mais de sessenta anos, outras deram férias coletivas. Está todo mundo assustado. A própria Intendência apoia essas medidas e eu não posso dizer a eles que não façam isso, não é mesmo?

— Claro, acima de tudo, manter o simulacro; os médicos não receberam o Comando da Obediência Devida?

— Receberam, acontece que em alguns houve rejeição ao algoritmo. Parece que há uma incompatibilidade.

— E não dá para resolver isso? Ou criar outro algoritmo?

— Teríamos que ter mais tempo, além disso, depois da extinção da Capes e do CNPq, os melhores cientistas se mandaram para os Estados Unidos.

— São uns oportunistas! Não têm um pingo de patriotismo!

— O pior é que alguns prefeitos suspenderam as aulas, fecharam escolas, cinemas, restaurantes, boates, puteiros, tudo.

— Mandam fechar? E o povo obedece? Vou baixar um decreto proibindo suspender aulas ou fechar o comércio, pode redigir uma minuta, quero assinar ainda hoje.

— E como é que vamos explicar o decreto?

— Diga que é para preservar o emprego, senão, como é que as famílias vão se sustentar? Ainda mais com a doença rondando. Diga também que é para evitar o pânico. A verdade é que o PIB não pode cair de jeito nenhum, mas isso você não precisa dizer.

Torquato toma nota.[1] Santa Cruz prossegue:

— A propósito, mande o portal cortar mais um zero nos informes, é melhor assim.

— Que tal suspender de vez?

— Isso não pode! Vão nos cobrar. É guerra de simulacros, Torquato, não esqueça, a tática correta não é suprimir os dados, mas, sim, falsear os dados, princípio do falseamento quantitativo.

— Entendido.

— Outra coisa, Torquato, esses cilindros de oxigênio, parece que estão salvando muita gente, não é melhor confiscar?

— Já sondei os hospitais, alguns médicos resistem, se eu forçar a barra, vão desconfiar.

— Quem é que produz isso no Brasil?

— Ninguém; depois que fechamos as indústrias de base e metalúrgicas, é tudo importado.

---

1 A minuta resultou no Édito 37/2020 da Nova Ordem de Serviços, que proíbe as suspensão de toda e qualquer atividade de atendimento ao público inclusive atividades esportivas, religiosas, de entretenimento e de lazer, sob pena de cassação definitiva de licença de operação e penas de reclusão de seis meses a seis anos dos responsáveis ou proprietários, conforme a essencialidade do serviço interrompido. A menor pena incide sobre o comércio varejista de roupas, calçados a utensílios domésticos, a maior pena incide sobre empresas de transporte público, escolas e supermercados.

— Vou baixar um édito confiscando os estoques dos importadores, cilindros, ventiladores hospitalares, máscaras cirúrgicas... tudo.

— E esse, como é que a gente explica?

— Dizemos que é para melhorar a distribuição, que há municípios desatendidos e que isso não é justo, redija esse também e me traga para assinar.[2]

— Perfeito.

Torquato bate os calcanhares e se retira.

---

2 Dessa minuta resultou o Édito 38/2020 da Nova Ordem Sanitária, que cria a Central de Combate à Peste Comunista (CECOPEC) no âmbito da Intendência do Exército com poderes de requisitar todo e qualquer material necessário para aprimorar o combate à pandemia. Seu artigo 2 confisca equipamentos, materiais e insumos em estoque em distribuidoras e importadoras; o artigo 3 confisca cilindros, tubos e tambores de oxigênio estocados em serralherias e empresas de manutenção; o artigo 4 define a CECOPEC como única a e exclusiva importadora de cilindros de oxigênio e ventiladores de uso hospitalar; o artigo 5 determina que hospitais e clínicas devem solicitar cilindros de oxigênio e ventiladores à CECOPEC e não mais às importadoras e distribuidoras.

VI

A Nova Ordem festeja o primeiro milhão de mortes. Os aplausos da ludibriada opinião pública mundial. O susto da vacina.

Conforme preconizara Santa Cruz, a epidemia se alastra rapidamente. As mortes se avolumam. No quarto mês são quinhentos mil os mortos pelo vírus comunista. No sexto mês, oitocentos mil mortos. Um mês mais, é alcançado o primeiro milhão. Graças à Nova Ordem Sanitária, em especial à liberação de sepultamentos em valas comuns e construção acelerada de novos crematórios, os serviços funerários sofreram apenas congestionamentos isolados.

— Chame o Torquato, Santa Cruz ordena à secretária, sem interromper suas passadas, inquietas, de um canto ao outro do gabinete.

Chega o general Torquato.

— Torquato, estou pensando em comemorar o primeiro milhão, quero outorgar algumas medalhas a uns dois ou três servidores mais destacados, é para não deixar a peteca cair; quem você sugere?

Torquato é pego de surpresa. Não obstante, pensa rápido e logo encontra o tom certo.

— Bem pensando, muito bem pensado, sem dúvida, a rapaziada merece um trato... sim... algumas medalhas do Pacificador cairiam bem, afinal um milhão não é pouca coisa, sugiro apenas que sejamos discretos, talvez um ato reservado, interno, quem sabe aqui mesmo, no seu gabinete.

— Ao contrário, Torquato, você ainda não entendeu, vamos anunciar que as medalhas são pela dedicação no combate à pandemia, quanto mais alarde, melhor, é o simulacro perfeito; mesmo porque os jornalistas ainda pensam que estamos na casa dos vinte mil, então, quem você sugere?

— Tem que ser os do gabinete paralelo; criei esse grupo para dar conta do recado sem despertar suspeitas, são de minha absoluta confiança e não sabem do Grande Recomeço, pensam que estão trabalhando para salvar vidas e evitar o pânico.

— Então, quem você indica?

— O major Góes, que bolou o programa computacional que deleta óbitos sem prejudicar o registro geral e também cuida do portal; e o coronel Mendonça, que cuida da logística, milhares de sepultamentos, mesmo com a Nova Ordem Sanitária, foi um sufoco, o Mendonça teve que pressionar a Caterpillar e transportar combustível para os crematórios de avião.

— São dois, e o terceiro?

— O terceiro é capitão Almeida, é o homem do dinheiro. É ele quem coordena as agências e chantageia prefeitos, governadores e empresas privadas; sem ele as escolas ainda estariam fechadas.

A cerimônia de outorga da medalha do Pacificador aconteceu na noite seguinte, com a presença de alguns jornalistas simpáticos ao sistema e blogueiros de sites evangélicos. Foi filmada do início ao fim pela equipe do portal da Nova Ordem.

— Graças ao denodo de vocês, disse Santa Cruz, dirigindo-se aos agraciados, a Nova Ordem está sendo exitosa no combate à pandemia do vírus; é com imenso prazer que eu lhes outorgo a Medalha do Pacificador. Parabéns.

Seguem-se aplausos. Os agraciados cumprimentam Santa Cruz e se abraçam com suas esposas. Pipocam os flashes.

Assim que termina a cerimônia, Torquato se aproxima de Santa Cruz.

— Santa Cruz, tenho más notícias.

— O que é agora, Torquato?

— Apareceu uma vacina.

— Não é possível! Nós não fechamos o Butantã e Manguinhos?

— Surgiu lá fora, Santa Cruz, está em fase final de testes e deve chegar ao mercado no máximo em um mês ou dois, o pior é que tem outras em andamento, há uma corrida da indústria farmacêutica, as que chegarem primeiro vão faturar milhões.

Santa Cruz se põe a meditar. Passados alguns segundos, diz:

— É impressionante a fome de lucros da indústria farmacêutica, está certo, estão no papel deles, mas não vamos deixar barato. Temos que contra-atacar. Convoque uma reunião do seu gabinete paralelo... Não... É melhor ficar entre nós, eu, você e mais um ou dois do Alto Comando. Que tal o Feitosa? Chame o Feitosa e o Valadão. O Valadão não perde oportunidade de escapar de Manaus.

VII

Antecipando-se à vacina, a Nova Ordem lança uma campanha subliminar explorando temores seculares e crendices. O protocolo do tratamento precoce. O placebo.

Santa Cruz abre a reunião do núcleo duro, como ele passou a designar o pequeno grupo de oficiais generais da cúpula da Nova Ordem: Torquato, Feitosa e Valadão.

— Senhores, diz Santa Cruz, a vacina não tarda. Temos que nos antecipar. Confio que até o final do dia os senhores me trarão as soluções para neutralizar essa ameaça. E não esqueçam, sempre obedecendo aos princípios da guerra de simulacros. Bom trabalho.

Santa Cruz passa a coordenação ao general Torquato e os deixa. Torquato baixa uma tela branca no cavalete montado ao seu lado e diz:

— Vamos ao brainstorming, que cada um fale o lhe vier à cabeça.

O primeiro a se manifestar é general Valadão:

— Como a vacina ainda não existe e nem sabemos como ela vai ser, é melhor nem falar dela, não atacar diretamente.

— O que você propõe?

Proponho uma campanha subliminar com histórias de gente que ficou aleijada por causa de outras vacinas, homens que ficaram impotentes, forjamos videoclipes com eles falando, disseminamos pelos influenciadores sem o governo aparecer. Com os recursos de hoje é muito fácil.

Torquato anota na tela: forjar histórias, campanha subliminar.

— A religião pode ajudar, diz o general Feitosa, com essa mortandade toda os templos estão repletos; a ansiedade é muita, penso que os pastores podem exortar os crentes a aceitarem a pandemia como um desígnio de Deus que não deve ser afrontado com nenhuma medicina; devem se conformar.

— Conformados já estão, lembra Torquato, graças ao nosso genial chip, mas os e bispos poderiam incutir sentimentos de culpa, coisa que os católicos exploram tão bem; pregar que se trata de expiação por pecado cometidos, nada melhor do que a culpa para induzir à aceitação.

Intervém Valadão:

— Podemos criar dificuldades antes mesmo de a vacina chegar, passar a exigir atestado antialérgico para toda e qualquer vacinação, proibir inoculação contra dengue de quem já tomou a vacina da gripe, proibir vacinação de mulher grávida, exigir uma declaração de ciência de riscos... e assim por diante.

O general Torquato anota na tela: exortações aos fiéis, dificultar vacinação. Depois diz:

— Essa ansiedade de que fala o Feitosa é o que mais me preocupa; na Intendência, a pressão por medidas de isolamento e fechamento dos aeroportos é muito forte e eu não posso abrir o jogo.

— Que tal a charlatanice? Pergunta Valadão. Não estamos numa guerra de simulacros? A charlatanice é o simulacro da medicina por excelência, e o povão acredita muito na cura pelas ervas; juntamos duas ou três ervas milagrosas e inventamos um tratamento que fecha o corpo contra o vírus.

— Excelente ideia, apoia Torquato.

— Princípio de Magruder, jacta-se Valadão, é mais fácil explorar as crenças do inimigo do que tentar modificá-las.

— Que ervas você sugere?

— As mais populares são Canela de Velho, Cáscara Sagrada e Ora Pro Nobis, servem para tudo, já têm imagem de panaceias, mas é bom ampliar, o ideal é que sejam sete ervas, o sete é um número cabalístico.

— Temos que dar um nome a isso, diz Feitosa.

— Melhor dar um nome místico, diz Valadão.

Depois de pensar um pouco ele próprio sugere:

— Que tal Poção das Sete Ervas Milagrosa?

— Sem dizer quais são?

— Aí é que entra o truque, nas redes espalhamos boatos de que tem Ora Pro Nobis, Cáscara Sagrada, Calêndula... criamos mistério, como se o coquetel tivesse uma fórmula secreta.

Na tela, o general Torquato escreve: coquetel de ervas, panaceias.

— Boa ideia, diz Feitosa, mas o Estado não pode aparecer, temos que usar alguma empresa de fachada para fabricar essa merda.

— Isso é fácil, diz Torquato, encarrego o capitão Almeida, da minha equipe, que é o homem do dinheiro e conhece bem o setor privado.[1]

Em seguida, diz:

— Todas as sugestões até agora foram muito boas, mas ainda não resolvemos o principal, o que fazer com a vacina, se ela chegar? Vamos ter que vacinar. Todos os governos vão ter que vacinar.

— Vacinamos alguns poucos, só para inglês ver, diz Valadão.

— Ou fingimos que vacinamos, intervém Feitosa.

— Sim, fingir, mas como?

Segue-se um prolongado silêncio, finalmente quebrado por Feitosa:

---

1 Assim surgiu o aplicativo Poção das Sete Ervas Milagrosas, disseminado pelos criadores de fakenews e blogueiros de sites evangélicos como o melhor antídoto à peste comunista. O aplicativo prescreve as frequências e as doses recomendadas para cada faixa etária e reproduz testemunhos de pessoas que se salvaram d peste graças às sete ervas. Também indica onde comprar as poções milagrosas em cada cidade, por preço de ocasião.

— Eureca! Ele exclama. Achei a solução! Uma falsa vacina, um placebo, lançamos uma campanha sensacional de vacinação, só que com placebo.

Semblantes de admiração.

— A melhor solução é sempre a mais simples, sentencia Valadão.

— Genial, realmente genial, murmura Torquato. Depois pergunta:

— Como produzir o placebo, se fechamos o Butantã e Manguinhos?

— Deixem comigo, diz Feitosa, em um mês no máximo o Laboratório Farmacêutico da Marinha nos dará milhões de doses do placebo. Os vidrinhos, eles já têm, é só encher com uma solução salina qualquer e imprimir os rótulos.

— Não é tão simples, observa Torquato, o simulacro tem que ser completo, tem que simular testes de vacina, exibir planilhas com resultados inventados, tem que inventar muita coisa, melhor começar desde já.

— Com o placebo podemos até fazer um oba-oba, diz Valadão, a primeira vacina contra a peste produzida no mundo.

— Será a glória, diz Torquato, o suprassumo do simulacro, e acrescenta em tom de propaganda de rádio: vacina da Nova Ordem para salvar o Brasil da Peste Comunista.

— Tem um problema, diz Feitosa, não podemos dar placebo para o nosso pessoal, para a oficialidade, para o Estamento das Famílias Proprietárias.

— Muito simples, diz Valadão, para os nossos importamos a vacina, para o povão damos o placebo.

— Penso que é tudo por hoje, diz o general Torquato. Com o coquetel das sete ervas mais o placebo não precisamos de mais nada.

VIII

De como a Nova Ordem ampliou a Peste. A promoção de grandes aglomerações. O sucesso do placebo. A importação de variantes do vírus.

Santa Cruz lê o *situation report* do general Torquato sobre o avanço da pandemia. A imunização dos Humanos Dirigentes com vacinas autênticas importadas preservou o Estamento das Famílias Proprietárias e a oficialidade das três armas. Infelizmente, praças, cabos e sargentos ficaram de fora, lamenta Torquato no relatório. Muitos estão sucumbindo ao vírus comunista.

Toda guerra provoca baixas indesejáveis, Santa Cruz diz a si mesmo pela enésima vez. Anota mentalmente que seria melhor estender a vacinação autêntica aos sargentos. São eles que adestram a tropa. Já os cabos e praças podem ser descartáveis porque são substituídos a cada dois anos por novos recrutas.

A vacina-placebo permitiu o avanço da pandemia ao mesmo tempo em que projetou a Nova Ordem na cena mundial – o primeiro país a imunizar em massa. Muito bom para a imagem da Nova Ordem, raciocina satisfeito Santa Cruz. Muda de humor ao ler o último parágrafo: os óbitos da pandemia continuam aquém do planejado, apenas vinte milhões, menos de um quarto da meta. Santa Cruz destrói o relatório no triturador e convoca o general Torquato:

— Torquato, está devagar, muito devagar.

— Estamos fazendo de tudo, Santa Cruz, o que dificulta é de ter que simular o contrário. Mesmo assim, veja o lado positivo, o mundo todo nos elogia pela taxa de vacinação, mais alta entre os países da América Latina, e o único que mantém a economia funcionando sem restrições.

— Sem dúvida, desse ponto de vista operamos bem.

— E não sabem que a vacina é um placebo, atribuem o número desproporcional de mortes à precariedade das moradias, falta de saneamento, má alimentação, ônibus e metrôs superlotados, nem de longe desconfiam da vacina.

— Você tem razão, estamos nos saindo bem, mas é preciso acelerar a taxa de óbitos. Temos que dar um jeito.

— Vou reunir meu pessoal e ver o que se pode fazer sem pôr em risco o simulacro; a qualquer momento podem desconfiar, a discrepância é gritante, tem um gringo tão perplexo que estuda a relação entre número de óbitos e a afeição dos brasileiros por seus cães de estimação.

— Não me diga que estão sacrificando os cães só por que os outros mandaram.

— Pouquíssimos sacrificaram, o povo tem sua sabedoria, diz que, se o vírus é comunista, os cães não têm nada com isso. Além disso, nessa hora em que perdem amigos e familiares, o cão é um consolo.

— Quero um diagnóstico preciso dos empecilhos e as medidas adequadas para acelerar os óbitos.

Às quatro da tarde Torquato está de volta. Traz uma folha de papel com anotações. Os dois generais sentam-se no sofá. Torquato fala em voz baixa, como se desconfiasse da existência de uma escuta.

— O principal empecilho é a baixa taxa de contágio, as pessoas estão com medo, evitam aglomerações, é raro alguém não ter perdido um amigo ou familiar, dei um jeito de importar todas as cepas do vírus assim que aparecem, mas o obstáculo é a taxa de contágio, que continua baixa.

— E o que vocês sugerem?

— Fomentar aglomerações, uma das ideias é pedir aos bispos que convoquem missas gigantes, ou Marchas com Jesus, talvez até missas campais, como faziam os católicos. Se forem semanais e em todas as comunidades, é tiro e queda, a taxa de contágio vai dar um pulo.

— Bem pensado, e a justificativa?

— Eles que inventem, o importante é convocar os fiéis, podem dizer que é para pedir a Jesus que nos proteja da peste comunista e orar pelas almas dos que se foram.

— Boa ideia. Vou baixar a ordem. E que mais?

— Pensamos num novo campeonato nacional de futebol, lotar os estádios, atinge outro público, mais jovem, menos religioso. Precisa articular com a Confederação Brasileira de Futebol, isso é fácil, eu posso fazer, o governo nem precisa aparecer.

— Excelente ideia. E que mais?

— Tem os índios, estão morrendo muito devagar, esses caciques são espertos, montaram barreiras, não deixam ninguém entrar, acho que guardam na memória as muitas tentativas de exterminá-los pelo sarampo e pela varíola, isso vem desde os tempos da conquista, deve estar lá no fundo do imaginário social deles.

— E qual a solução?

— Tem muita vigilância em cima da questão dos índios, se derrubarmos as barreiras, podem desconfiar; pensamos numa ação camuflada e com um pretexto humanitário qualquer, tipo semana da catarata ou semana da erradicação da esquistossomose, e enfiamos um ou dois contaminados em cada equipe.

— Parece caro, mas tudo bem, façam isso, outra oportunidade para acabar com os bugres não vamos ter.

— Tem outra coisa, Torquato, um pouco mais complicada, alguns médicos, mesmo tendo recebido o Comando da Obediência Devida, não estão colaborando, são poucos, mas eles influenciam os enfermeiros, alguns são lideranças.

— Poucos, quantos?

— Ainda não tenho a lista toda, avalio que vai chegar a vinte.

— Só isso? Então descarte. Invente um pretexto, prenda um de cada vez e fuzile na surdina. Suma com eles.

***

Dois meses depois dessa reunião o número de mortos deu um salto espetacular. Oitenta mil por dia, em média. Aldeias indígenas que haviam sobrevivido ao decreto que abolira as reservas foram riscadas do mapa, o que favoreceu o programa de Expansão Acelerada das Fronteiras Agrícolas. Daí em diante os óbitos não pararam de crescer.

Ao fim de três anos, a Grande Peste havia matado sessenta milhões de brasileiros, incluindo a totalidade dos doentes crônicos e dos velhos, e a maioria dos indígenas, quilombolas, desempregados e moradores de rua. Um êxito notável, embora aquém da meta de eliminar noventa milhões. O segredos do *Great Reset* nunca vazou e o coquetel das Sete Drogas Milagrosas consagrou-se como o medicamento mais vendido na Nova Ordem, superando a dipirona e a aspirina.

Deu-se, então, o imprevisto. Inconformados com o grande número de mortes da pandemia e a perda de amigos e familiares, as pessoas começaram a protestar, primeiro timidamente, desajeitadas, logo em grupos de vizinhos, marchando sobre os centros das cidades grandes.

Estupefato com os inusitados protestos, Santa Cruz ordena aos comandantes de exército que reprimam as marchas e pede ao general Souza Lima para investigar o que estava acontecendo, o que havia por trás das marchas e quem são os insufladores. Não é possível que pessoas docilizadas pelo Chip de Customização de Humanos Conformados se ponham a reclamar. Ainda mais coletivamente. Só pode ser uma conspiração, conclui. Talvez da China comunista.

IX

Onde se relatam os ingentes e inúteis esforços da Nova Ordem para reativar o chip de customização de humanos que o vírus da Grande Peste tornara inútil.

A reunião é tensa. Santa Cruz não consegue esconder o nervosismo. As notícias que chegam são alarmantes. Marchas por toda a parte. Numa delas carregavam um caixão de cartolina com sua efígie. E as faixas? *Nova Ordem Genocida! Estado Assassino!* Customizados não pensam, raciocina Santa Cruz, de onde é que tiraram essas expressões? Da própria cabeça é que não. O pior foi o caixão com sua efígie. Ficou abalado.

Souza Lima encara Santa Cruz nos olhos e diz em tom peremptório:

— Não tem ninguém insuflando, não há forças ocultas, conspiração, nada disso, os protestos são espontâneos; o que está acontecendo é que os sobreviventes do vírus recuperaram as funções mentais ligadas à memória e aos processos de imaginação que o chip tinha bloqueado.

— Como se fosse uma sequela do vírus?

— Exatamente, uma sequela não prevista, o vírus impede o cerebelo de receber os comandos do chip.

— Por que só agora? Questiona Santa Cruz. Já se passaram anos dede o começo da pandemia.

Souza Lima remexe num maço de papéis até que encontra a folha que procura, corre os olhos no texto para refrescar a memória e diz ao Santa Cruz e ao Torquato:

— Isso ainda não se sabe, estamos estudando, parece que não recuperam a consciência crítica imediatamente, ela vem vindo aos poucos.

— Faz sentido, comenta Torquato, depois de tanto tempo idiotizados, precisam reaprender a pensar.

Santa Cruz não se satisfaz com as explicações. E suspeita que nem o Souza Lima nem o Torquato se deram conta da gravidade da situação. É o sistema todo que está no limbo e não um ou outro general, se em vez de ordem tem desordem, é o fim da Nova Ordem. Pergunta ao Souza Lima:

— Como é que o vírus impede o chip de funcionar? Pelo menos isso já se sabe? E tem como evitar?

— Calma, Santa Cruz, vamos por parte. Até agora, o que se sabe é que além de provocar coágulos no cérebro, o vírus danifica os astrocitos, as células do tecido cerebral que fornecem nutrientes aos neurônios; o cerebelo fica lesado e não absorve os sinais dos algoritmos do chip; eles nem conseguem atravessar a meninge, que é o envoltório de cérebro.

— Que merda! Os caras que criaram o vírus não sabiam disso?

— Foi uma bobeada, nossa e deles; se tivéssemos compartilhado com eles o funcionamento do chip, como eles tanto queriam, talvez eles tivessem pensando nisso; agora é tarde.

Santa Cruz não gosta do que ouviu. Foi ele que vetou o compartilhamento. Vai ser o pretexto para jogarem a culpa em cima dele. Irritado, pergunta:

— É muita gente?

— Muita, responde Souza Lima, como nós não vacinamos de verdade, só demos o placebo, é provável que todos os adultos que sobreviveram, ou seja, que foram infectados e não morreram, recuperem aos poucos a consciência crítica; vai variar de pessoa parta pessoa, mas no fim todos vão recuperar.

— Em cada dez infectados, seis foram a óbito e quatro sobreviviam, atalha Torquato, portanto, se totalizamos sessenta milhões de óbitos, a massa dos que devem recuperar a razão crítica é de quarenta milhões.

— Não é possível, reclama Santa Cruz, quarenta milhões de desconformados! É quase um terço da população, como é que vamos segurar isso?

Torquato faz umas contas num pedaço de papel e diz:

— É pior, Santa Cruz, se você desconsiderar as crianças, que não entram na conta porque não foram afetadas pelo vírus, e ficar só no universo de adultos, é mais da metade da população adulta.

Santa Cruz sente um começo de pânico. Vem à sua mente o desastre de carro que matou seus pais. Foi a primeira tragédia de sua vida e a primeira vez que sentiu pânico. Só sentiria de novo anos depois, quando quase perdeu a hora da prova final do curso de aperfeiçoamento. Tentando se controlar, diz:

— De qualquer forma, não adianta chorar sobre o leite derramado. Temos que agir. O que vocês sugerem?

— Pelo que diz o Souza Lima, o defeito não é do chip nem do algoritmo nem do filamento que leva os sinais ao cerebelo, então, não adianta trocar o chip ou mexer nos algoritmos, argumenta Torquato, o problema é a lesão do cerebelo, temos que sanar essa lesão.

— Como? Insiste Santa Cruz.

— Só pesquisando é que vamos saber como, a pista de que é provocada pela falta de nutrientes ajuda, o pior é essa carência de pesquisadores.

— E o nosso maior entendido em cerebelo, fora de combate, lamentou Souza Lima, tem chance do Ariovaldo se recuperar? Pergunta ao Santa Cruz.

— Chance zero, está cada vez pior.[1]

— Temos que pesquisar, diz Torquato, pesquisa intensiva, os hospitais com especialização em neurologia

---

1 Eles referem-se ao coronel-médico Ariovaldo de Santos Alves, que dedicara anos a fio ao estudo do cérebro humano, na busca de um meio de capturar os sonhos dos subversivos utopistas. Foi quem inventou e patenteou o chip de customização de humanos. Contudo, Ariovaldo jamais conseguiu capturar sonhos. Atribui-se a esse fracasso o colapso nervoso que obrigou sua internação numa clínica psiquiátrica, da qual não mais saiu.

e cirurgia cerebral podem ajudar, conheço dois, um em Manaus, outro em São Paulo, mandamos uns vinte infectados para cada um, damos uma grana e pedimos urgência. Penso que em duas ou três semanas já podemos ter algum resultado.

E assim foi feito. Vinte cobaias humanas foram despachadas de avião para Manaus e vinte para São Paulo, de idades variadas, quinze homens e cinco mulheres em cada grupo. Os hospitais receberam carta branca. Podiam experimentar com princípios ativos não aprovados por agências de saúde ou banidos por serem teratogênicos e com compostos de *Cannabis sativa*, banida por pressão das Igrejas Evangélicas. E podiam abrir as caixas cranianas, como fizera no passado o inventor do chip de customização de humanos.

Santa Cruz aguardou ansioso. Passa um mês e nada de resultados. E os protestos num crescendo. No terceiro mês de protestos, uma marcha de moradores de Ceilândia que atinge o Plano Piloto recebe o apoio de cabos e soldados amotinados.

Em seguida, motins de soldados e cabos eclodem em todo o país. Santa Cruz cai em depressão profunda, tranca-se em seu gabinete e não recebe ninguém. Culpa-se de tudo. De não compartilhar o chip com o consórcio Climate Action, de negar a cabos, sargentos e soldados a vacina autêntica. Também eles receberam placebo.

Pela primeira vez na vida, pensa em se matar.

X

Onde se relata o racha dos generais e a crise geral da Nova Ordem, culminando com seu colapso. O suicídio do general Santa Cruz.

Os motins de soldados e as marchas de protesto agravam contradições latentes na Nova Ordem. Havia revolta também no estamento das famílias proprietárias. A República Popular da China fechara seu mercado às exportações brasileiras. A produção agropecuária encalhara em portos, silos e armazéns até apodrecer. Deram-se perdas gigantescas, de tal ordem que não foram compensadas pelas apólices de seguro de exportação. As famílias proprietárias culparam o general Santa Cruz por ter falado em vírus comunista e peste chinesa.

Outro motivo de descontentamento foi o Édito secreto da Biomédica. Há tempos oficiais católicos já vinham se ressentindo do estatuto de religião oficial conferido à Igreja Universal do Reino de Jesus. Ficaram furiosos ao saberem pelo Feitosa que um Édito Secreto definira a vida como um bem público subordinado aos interesses do Estado e não uma criação divina individual e inviolável. Com o apoio desses oficiais, o Estamento das Famílias Proprietárias destituiu Santa Cruz e instalou uma Junta Governativa formada exclusivamente por generais católicos.

Entre esses oficiais estava Feitosa.

Santa Cruz foi posto em prisão domiciliar.

O primeiro ato da junta governativa foi restaurar a Doutrina da Guerra Psicológica Adversa, para combater as rebeliões e marchas de protesto. De nada adiantou. Não só se multiplicaram como, por um mecanismo de memória coletiva represada, os manifestantes passaram a assumir as antigas narrativas de rebelião utopística contra os bancos e o capital financeiro, debelada nos primórdios da Nova Ordem. Colunas de neoutopistas, como passaram a ser chamados pelo Alto Comando, engrossadas por jovens ainda não conformados pelo chip por não terem atingido a idade militar e adolescentes órfãos da Grande Peste convergiram de todos os quadrantes para Brasília, onde, apoiados por soldados e cabos ali amotinados, tomaram de assalto os palácios do poder e destituíram a junta governativa.

Assim nasceu a República Popular Utopística do Brasil, que imediatamente aboliu a censura e o bloqueio das redes sociais e da internet. Ao tomaram conhecimento dos trabalhos da Comissão da Verdade sobre a Grande Peste na Índia, instalaram o Tribunal Brasileiro da Verdade sobre a Grande Peste. Primeiro convocado para a depor: o general de quatro estrelas Gonçalves Maynard de Santa Cruz Oliveira, antigo chefe supremo da deposta Nova Ordem.

Ao receber a notificação para depor, Santa Cruz matou-se com um tiro no peito.

~ **FIM** ~

Instituições da Nova Ordem

AFA – Austeridade Fiscal Absoluta

ANDIVANO – Agência Nacional de Difusão dos Valores da Nova Ordem

ANVID – Agência Nacional de Vigilância Digital

ANVISO- Agência Nacional de Vigilância Social

CCHC – Chip de Customização de Humanos Conformados

CCHD – Chip de Customização de Humanos Dirigentes

CCPEC – Central de Combate à Peste Comunista

CODEVI – Algoritmo de Comando da Obediência Devida

COSUI – Algoritmo de Comando ao Suicídio

CPC – Certificado de Pessoa Customizada

DOI-CODI – Departamento de Operações da Inquisição-Centro de Operações de Defesa Interna

DSO – Declaração Simplificada de Óbito

DSOC – Declaração Simplificada de Óbito Coletivo

DEPREVANO – Departamento de Preservação dos Valores da Nova Ordem

ECONEC – Economia Neoliberal Coercitiva

EFAPRO – Estamento das Famílias Proprietárias

LPPS – Laboratório de Pesquisas Psicossomáticas do Sono

PANO – Programa Nacional da Psicanálise Aplicada da Nova Ordem

PANO II – Segundo Programa Nacional da Psicanálise Aplicada da Nova Ordem

PNOP – Programa da Nova Ordem Populacional

PRONARES – Programa Nacional de Revitalização dos Espaços Sagrados

RH – Ração Humana

TPO – Tratamento Precoce Obrigatório

Alameda nas redes sociais:
Site: www.alamedaeditorial.com.br
Facebook.com/alamedaeditorial/
Twitter.com/editoraalameda
Instagram.com/editora_alameda/

Esta obra foi impressa em São Paulo no outono de 2022. No texto foi utilizada a fonte Electra LH em corpo 11,8 e entrelinha de 16,8 pontos.